AF324350

CATALOGUE

D'UN JOLI CHOIX

DE

TABLEAUX

ET DE

DESSINS

FLAMANDS, HOLLANDAIS ET FRANÇAIS

OSTADE, TENIERS, JORDAENS, PILLEMENT & DE BOISSIEU

Appartenant à M. MAISIAT, de Lyon

DONT LA VENTE AURA LIEU

HOTEL DROUOT, SALLE N° 4

Le Mercredi 14 Mai 1862

À DEUX HEURES

Par le ministère de Mᵉ **DELBERGUE-CORMONT**, Commᵉ-Priseur,
rue de Provence, 8,

Assisté de **M. BLAISOT**, Expert, rue de Rivoli, 178,

Chez lequel se distribue le présent Catalogue

EXPOSITION PUBLIQUE

Le Mardi 13 Mai 1862, de une heure à cinq heures

PARIS

RENOU & MAULDE

IMPRIMEURS DE LA COMPAGNIE DES COMMISSAIRES-PRISEURS
rue de Rivoli, 144.

1862

CATALOGUE

D'UN JOLI CHOIX

DE

TABLEAUX

ET DE

DESSINS

FLAMANDS, HOLLANDAIS ET FRANÇAIS

OSTADE, TENIERS, JORDAENS, PILLEMENT & DE BOISSIEU

Appartenant à M. MAISIAT, de Lyon

DONT LA VENTE AURA LIEU

HOTEL DROUOT, SALLE N° 4

Le Mercredi 14 Mai 1862

A DEUX HEURES

Par le ministère de M° **DELBERGUE-CORMONT**, Com^re-Priseur,
rue de Provence, 8,

Assisté de **M. BLAISOT**, Expert, rue de Rivoli, 178,

Chez lequel se distribue le présent Catalogue.

EXPOSITION PUBLIQUE

Le MARDI 13 Mai 1862, de une heure à cinq heures.

PARIS

RENOU & MAULDE

IMPRIMEURS DE LA COMPAGNIE DES COMMISSAIRES-PRISEURS
rue de Rivoli, 144.

1862

CONDITIONS DE LA VENTE

Elle sera faite au comptant.

Les Acquéreurs paieront, en sus des adjudications, CINQ pour cent applicables aux frais.

LE CATALOGUE SE DISTRIBUE

A Paris....... chez MM. DELBERGUE-CORMONT, Commissaire-Priseur, rue de Provence, 8.

— .... BLAISOT, Expert, rue de Rivoli, 178.

A Londres... N. DURLACHER, 113, New-Bond street.

A Bruxelles.. ETIENNE LE ROY, place du Grand-Sablon, 12.

A Berlin..... A. FIOCATI, Unter den Linden, 21.

TABLEAUX

BOISSIEU (J.-J. DE)

1 — Aqueduc de Bonan, près Lyon.

Charmant petit tableau d'un fini précieux. Il est peint sur bois et signé.

On sait que les tableaux de De Boissieu sont très-rares.

BRAUWER (ADRIEN)

2 — L'Arracheur de Dents.

Ce tableau d'une harmonie et d'une exécution parfaites est mentionné dans l'ouvrage de Decamps (*la Vie des peintres flamands, etc.*). Il est peint sur bois.

3 — Un Pédicure.

Il est peint sur cuivre et fait pendant de celui ci-dessus décrit; il est exécuté avec autant de talent.

COURTOIS (J. DIT LE BOURGUIGNON)

4 — Un Choc de Cavaliers.

> Joli tableau bien peint et bien composé.
> Il est sur toile de petite dimension.

FRANCK (ÉCOLE DE)

5 — L'Adoration des Bergers.

> Tableau bien composé et d'une agréable exécution.
> Il est peint sur cuivre.

6 — Saint Jacques de Compostelle.

> Ce tableau, très-bien peint et très-bien dessiné, est supérieur aux ouvrages du maître auquel nous l'avons attribué.

MOLNAERT

7 — La Diseuse de Bonne avanture.

> Très-beau paysage, orné de figures attribuées à David Teniers.
> Il est signé et daté 1650.

OSTADE (ADRIEN VAN)

8 — Buveurs, Danseurs et Fumeurs près d'un grand arbre, à la porte d'une auberge.

Très-belle grisaille, peinte sur toile, de la dimension du beau tableau du Louvre : *Le Maître d'École*.

9 — Une vieille femme faisant la lecture à deux hommes.

Ce tableau est ainsi désigné dans la *Vie des peintres*, de Descamps. Il est peint sur bois et signé.

OSTADE (ISAAC)

10 — Un Marché aux Cochons.

Tableau capital de ce maître ; il est composé d'un grand nombre de figures (parmi lesquelles on distingue celle de David Teniers). C'est le plus beau tableau que l'on connaisse d'Isaac Van Ostade.

Il est peint sur toile.

PILLEMENT (J.-J.)

11 — Berger et Bergère à l'entrée d'une grotte. — Effet de soleil.

Très-joli tableau peint sur toile, signé et daté 1787.

TENIERS (DAVID)

12 — Le Quatuor flamand, ainsi désigné dans la gravure d'E. Voyard.

Ce délicieux tableau, d'une finesse extrême, est exécuté dans la manière argentine de ce maître, si recherchée des amateurs.

Il est peint sur bois et signé.

13 — Un Intérieur de Cabaret flamand.

Ce tableau, également peint sur bois et signé, fait pendant au précédent; il est exécuté de la même manière.

DESSINS

BALESTRA

14 — L'Adoration des Bergers.

Très-beau dessin à la plume, lavé d'indigo, sur papier de couleur.

BRAUWER (ADRIEN)

15 — Une Querelle de Joueurs.

Dessin à la plume, lavé de sepia.

BOISSIEU (J.-J. DE)

16 — Vue de la pointe de l'île Barde.

Très-beau dessin à la plume, lavé d'encre de Chine.

AU VERSO :

Un autre dessin également de DE BOISSIEU et aussi important que le premier.

Il représente une vue de Saint-Rambert, près Lyon, il est exécuté de la même manière que le précédent, signé et daté 1776.

BOISSIEU (J.-J. DE)

17 — Vue du Château de Crussol, près Lyon.

Ce délicieux dessin, exécuté à la plume, lavé d'encre de Chine, est signé et daté 1820. A cette époque, De Boissieu était propriétaire de ce beau domaine.

18 — Vue du Lac de Garde.

Très-beau dessin à la plume, lavé d'encre de Chine et daté 1782.

19 — Paysage. Soleil couchant.

Très-joli dessin au pinceau, lavé d'encre de Chine, sur papier de couleur, signé et daté 1717.

20 — Un autre charmant Paysage avec Fabriques, Figures et Animaux.

Ce dessin est exécuté à la plume, lavé d'encre de Chine et d'aquarelle.

Il est signé et daté 1788.

21 — Un Paysage (Site d'Italie), avec Fabriques et Figures.

Ce dessin, une des plus ravissantes productions de ce grand artiste, est d'une finesse et d'une exécution parfaites.

Il est à la plume, lavé d'encre de Chine, signé et daté 1786.

BOISSIEU (J.-J. DE)

22 — Vue des Roches de Pierre-Scise, près Lyon.

Très-beau dessin à la plume, lavé d'encre de Chine, signé.

23 — Une Procession dans une campagne, le jour de la Fête-Dieu.

On aperçoit l'église des Carmes déchaussés de Lyon.
Joli croquis à la plume, légèrement lavé d'encre de Chine.

24 — Vue de Radicofani.

Croquis largement exécuté à la plume.

BOISSIEU (ATTRIBUÉS A DE

25 — Vue de Francheville, près Lyon.

Joli dessin à la plume, lavé d'encre de Chine.

26 — Vue de l'ancien Lyon, dessiné d'après nature, en 1752.

Joli croquis à la mine de plomb.

BOISSIEU (ATTRIBUÉ A DE)

27 — Portrait d'homme. Epoque de 1796.

Beau dessin à la plume, rehaussé de blanc et lavé de sépia.

28 — Vue de l'Aqueduc de Bonan, près Lyon.

Belle étude à l'encre de Chine (d'après nature).

DAUBIGNY

29 — Vue du Pont de Charenton, au-dessus de la jonction de la Seine et de la Marne.

Joli dessin à la plume, lavé d'encre de Chine.

30 — Vue de la Cathédrale de Bordeaux, prise hors la ville.

Joli dessin exécuté de la même manière que le précédent.

DROOSHTOOD

31 — Paysans et Paysannes flamands au cabaret.

Beau dessin à la plume, lavé d'encre de Chine.

DUCLAUX

32 — Animaux au repos dans une prairie.

Beau dessin, bien exécuté à la pierre d'Italie, rehaussé de blanc, sur papier de couleur.

DUSART (CORNEILLE)

33. — Une Kermesse flamande.

Très-beau et très-important dessin, exécuté à la plume et lavé d'encre de Chine.

DYCK (ATTRIBUE A VAN)

34 — La Famille de Charles Ier, roi d'Angleterre.

Beau dessin, exécuté à l'encre de Chine, rehaussé de blanc sur papier de couleur.

GREUZE (J.-B.)

35 — L'ouverture du Testament ou le Fils ingrat déshérité.

Très-beau dessin à la plume, lavé d'encre de Chine. Composition de **16** figures.

HOGARTH (W.)

36 — Un Poète lisant son manuscrit à un Compositeur de musique.

Joli dessin à l'aquarelle.

JORDAENS (J.)

37 — L'Adoration des Mages.

Composition capitale, exécutée en grisaille.

JOUVENET (J.)

38 — Jésus guérissant les Malades.

Première pensée du tableau qui est au musée du Louvre ; superbe dessin, exécuté à la plume, lavé d'encre de Chine et réhaussé de blanc.

LANTARA

39 — Vue d'un ancien Château en ruine, sur le bord d'une rivière.

Très-joli dessin, à la pierre noire, rehaussé de blanc.

MARILHAT

40 — Paysage avec Animaux.

Joli dessin, exécuté à la sépia.

MEULEN (ATTRIBUÉ A VAN DER)

41 — Une Bataille en Flandre.

Très-beau dessin, exécuté à la pierre noire.

42 — Investissement et siége d'une ville de Flandre.

Très-beau dessin faisant pendant à celui ci-dessus. Il est exécuté de la même manière.

MOLYN (PIERRE)

43 — Paysage avec Fabrique.

Joli dessin, à la pierre noire.

OSTADE (ADRIEN)

44 — Intérieur d'une auberge. Des Fumeurs et
des Buveurs sont à table.

Beau dessin à la plume, lavé d'encre de Chine.

45 — Un Intérieur de Famille hollandaise, Buveurs
et Fumeurs à table.

Très-joli dessin à la plume, lavé de bistre.

OSTADE (ISAAC)

46 — Une Orgie dans un cabaret.

Beau dessin à la plume, lavé de bistre.

47 — Chaumière près d'une grande route, à l'entrée
d'un village.

Très-joli dessin à la plume, lavé d'encre de Chine.

PALAMÈDES

48 — Une Fête populaire.

Joli dessin à la plume, lavé de bistre (collection du comte
de Goudt).

PARROCEL

49 — Josué arrêtant le Soleil.

> Beau dessin à la sanguine, signé et daté 1771.

50 — Des Cavaliers à la porte d'une hôtellerie.

> Joli dessin à la plume, lavé d'encre de Chine.

51 — Choc de Cavaliers.

> Joli dessin à la pierre d'Italie, lavé de sépia.

PILLEMENT (J.-J.)

52 — La Danse de l'Ours, scène comique.

> (Plume et sépia.)

53 — Paysage avec Figures et Animaux.

> Joli dessin à la pierre noire, lavé d'encre de Chine.

REMBRANDT

54 — La Résurrection de Lazare.

> Très-beau dessin à la plume, lavé de bistre.

REMBRANDT

55 — Homme et Femme conversant.

Joli dessin à la plume, lavé de bistre.

SWEBACH

56 — Les Fourrageurs. Effet du matin.

Délicieux dessin, exécuté à la plume, lavé d'aquarelle et d'encre de Chine.

57 — Marché aux Chevaux.

Très-beau dessin à la plume, lavé d'aquarelle et d'encre de Chine.

TENIERS (DAVID, LE JEUNE)

58 — Repas de Moissonneurs.

Très-beau et très-important dessin, exécuté à la sanguine.

59 — Paysan et Paysanne dansant, première pensée du tableau du Louvre : *la Kermesse*.

Beau croquis au pinceau.

TENIERS (D.)

60 — Paysan et Paysanne conversant près d'une maison.

Joli dessin à la pierre d'Italie.

61 — Intérieur d'écurie ; Figures, Animaux et Accessoires de ferme.

Très-beau dessin à la plume, lavé d'encre de Chine, sur papier bleu.

TINTORET (ATTRIBUÉ A J. ROBUSTI DIT LE)

62 — La Mort de Lucrèce.

Très-beau dessin, exécuté à la plume, lavé de sépia et réhaussé de blanc.

ULFT (VAN DER)

63 — Chevaux à l'Abreuvoir, Départ pour la Chasse.

Beau dessin, lavé d'encre de Chine.

WATTEAU (A.)

64 — Paysages d'après différents grands maîtres italiens ; TITIEN, LES CARRACHES, etc.

Six dessins à la sanguine (pourra être divisé).

65 — *La Vie des Peintres Flamands, Allemands et Hollandais*, par Descamps. Paris, Jombert, 1753. 4 vol. in-8°, cartonnés.

66 — Sous ce numéro seront vendus plusieurs dessins par et d'après TÉNIERS, J. MOLYN, LE TITIEN, GREUZE, etc., ainsi que quelques eaux-fortes, par et d'après OSTADE.

RENOU et MAULDE, imprimeurs de la Compagnie des Commissaires-Priseurs, rue de Rivoli, 144. 12096

RED. :

18

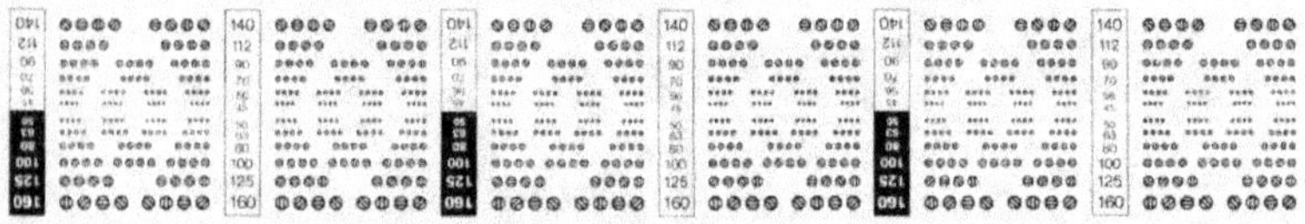

0 1 2 3 4 5 6 7 8 9 10